L'AMI DE L'ORDRE

DRAME EN UN ACTE

Représenté pour la première fois à Paris sur la scène du GRAND-GUIGNOL, le 4 octobre 1898.

Ce drame,
évocation d'une époque
où les doigts lâches des satisfaits
rivèrent le glaive
aux mains du bourreau,
est dédié à
Monsieur Francisque Sarcey,
ami de l'ordre
et bon homme.

G. D.

A LA MÊME LIBRAIRIE

DU MÊME AUTEUR :

Bas les Cœurs, 1870-1871, roman, 1 volume.
Biribi, armée d'Afrique, roman, 1 volume.
Le Voleur, roman, 1 volume.
Les Chapons, pièce en un acte, représentée au Théâtre-Libre (en collaboration avec M. Lucien Descaves), 1 brochure.

Pour paraître prochainement :

La Malhonnête Femme, roman.

GEORGES DARIEN

L'AMI DE L'ORDRE

DRAME EN UN ACTE

PARIS
P.-V. STOCK, ÉDITEUR
(Ancienne Librairie TRESSE & STOCK)
8, 9, 10, 11, GALERIE DU THÉATRE-FRANÇAIS
PALAIS-ROYAL

1898

PERSONNAGES

LA PÉTROLEUSE	Mmes Gabrielle FLEURY.
MARIE	Jeanne LERICHE.
L'ABBÉ.	MM. HOMERVILLE.
M. DE RONCEVILLE.	Ernest VOIS.
M. BONHOMME.	PONS-ARLÈS.

UN OFFICIER.

La scène est à Paris, le 26 mai 1871, vers le soir.

L'AMI DE L'ORDRE

Grande salle à manger au premier étage. Au mur, un crucifix. A gauche, porte. A droite, fenêtre. Au fond, porte à deux battants ouvrant sur un corridor éclairé d'une large fenêtre faisant face à la porte et donnant vue sur Paris.

SCÈNE PREMIÈRE

L'ABBÉ, assis devant une petite table sur laquelle sont placés des biscuits, un verre presque vide et une bouteille de vin, MARIE.

MARIE, prenant la bouteille sur la table.

Encore un doigt de vin, monsieur le curé?

L'ABBÉ.

Non, merci, ma bonne Marie. Ce demi-verre de Bordeaux et ces biscuits m'ont fait plaisir, mais je n'étais pas positivement affamé. Les soldats de l'ordre, en me délivrant il y a deux heures, m'avaient procuré quelque nourriture.

MARIE.

En voilà qui ont bien fait d'arriver à l'improviste ! Les braves gens ! Sans quoi, ces bandits de communards vous auraient fait subir le sort des malheureux otages. Dire qu'ils ont osé fusiller monseigneur l'archevêque !...

L'ABBÉ, se levant.

Oh ! les criminels ! Les impies ! Je ne peux croire encore à cette affreuse nouvelle. Hélas ! ce n'est que trop vrai, pourtant.

MARIE.

J'ai eu si peur qu'ils vous fissent subir le même sort ! Quelles heures atroces j'ai passées depuis qu'ils sont venus vous arrêter, la semaine dernière... surtout depuis hier... ce matin encore. Aucun moyen d'aller vous voir, d'avoir même de vos nouvelles. Quelles angoisses !... Je ne pouvais plus prier. Ça vous retourne, aussi, des choses pareilles. Mettre en prison un homme comme vous, un homme qui n'a pas son pareil sur la terre, qui leur a fait tout le bien possible, qui baptise leurs enfants, qui les marie...

L'ABBÉ.

Quelquefois ; car leur impiété est bien grande, et leurs mœurs...

MARIE.

Une honte ! Des chiens, quoi ! Ah ! si le bon Dieu ne punissait pas des gueux pareils, il ne serait vraiment pas juste. Je suis sûre qu'ils vous ont fait souffrir affreusement ! Qu'ils vous ont injurié, insulté, frappé, peut-être.....

L'ABBÉ.

Je ne me souviens de rien. (Après un silence.) C'est égal, j'ai plaisir à me retrouver ici ; d'autant plus qu'on peut avoir besoin de mon ministère.

MARIE.

Ah! pour ça, non, monsieur le curé. Ces païens-là mourraient bien trois fois de suite sans demander à voir la couleur d'un crucifix. Si vous aviez pu les contempler comme moi, ces jours-ci, ivres-morts, blasphémant le saint nom du Seigneur... Une armée de Barrabas... Et penser qu'ils ont tous fait leur première communion? Ça ne les gêne guère, allez! Toute la journée, hier, on s'est battu dans la rue ; la barricade, un peu plus bas, n'a été emportée que ce matin. Il n'y a guère qu'une heure que le combat a cessé et qu'on n'entend plus rien ; les communards tiennent encore le haut du quartier et le Père-Lachaise, et l'armée régulière est redescendue vers les boulevards extérieurs, je ne sais pas pourquoi.

L'ABBÉ.

C'est pour tourner la position des insurgés.

On entend le tambour qui bat la générale, et le tocsin.

MARIE.

Entendez-vous? Entendez-vous? Ils se servent des cloches de l'église pour sonner le tocsin!

L'ABBÉ.

Oui... ces pauvres cloches qui ne devraient appeler qu'à la prière et qui appellent au massacre! Oh! c'est lugubre, cette lutte sans merci entre Français, entre frères. Ah! ma pauvre Marie, dans les quartiers que j'ai traversés tout à l'heure, quel spectacle horrible! Partout, les fusillades sauvages, les exécutions sommaires. L'odeur nauséabonde du sang versé à flots, imbibant le sol, coulant dans les interstices des pavés comme dans les raînures des dalles, aux abattoirs! Les cadavres, dans des poses terrifiantes, gisant à droite et à gauche, le long des murs étoilés de fragments de cervelle... ou bien entassés, tête-bêche, troués de plaies, abandonnés aux insultes d'une foule sans cœur!... Ah! Dieu! la pitié est donc morte!... (On entend la fusillade.) Oh! qu'elle finisse, cette boucherie!... Et il fait si beau! Quel splendide soleil illuminait ce charnier!... Que les hommes sont méchants!... Et ces incendies, partout! Voyez. (Il ouvre la porte du fond et on aperçoit le panorama de Paris en flammes.) Tout Paris est en feu...

On sonne.

MARIE.

On a sonné, monsieur le curé. Voulez-vous que j'aille ouvrir?

L'ABBÉ.

Non. Retirez-vous, plutôt, et j'irai ouvrir moi-même.

MARIE.

Comme vous voudrez, monsieur le curé, mais il serait peut-être plus prudent... (Sur un geste de l'abbé, comme elle prend sur un plateau, pour les emporter, la bouteille et les objets qui sont sur la table.) Oh! vous pouvez faire à votre guise; je ne vais pas vous disputer aujourd'hui, bien sûr, j'ai été trop heureuse de vous voir revenir.

On sonne de nouveau. Marie sort et l'abbé va ouvrir la porte.

SCÈNE II

L'ABBÉ, MONSIEUR DE RONCEVILLE, MARIE.

MONSIEUR DE RONCEVILLE, *entrant avec l'abbé.*

Ah! monsieur le curé... je suis vraiment bien heureux de vous voir. Ça n'a pas dû être gai pour vous, ces derniers temps. Enfin, il ne vous est rien arrivé de fâcheux, c'est le principal. Je ne vous cache pas que j'avais un peu peur pour vous. J'étais venu ces jours passés.....

MARIE, *qui est entrée un instant auparavant, l'interrompant.*

Oui, monsieur le curé, tous les jours, sous les balles, le quartier en feu, M. de Ronceville venait prendre de vos nouvelles. Des fois, j'en tremblais pour lui...

L'ABBÉ.

Mais c'est de l'héroïsme, ça. Vraiment...

MONSIEUR DE RONCEVILLE.

Oh! mon Dieu, non. Je suis loin d'être un héros. D'ailleurs, j'étais armé. J'avais ma canne.

MARIE.

Une canne!

MONSIEUR DE RONCEVILLE, *un peu étonné.*

Mais... je n'ai rencontré que de la canaille dans les rues, ces jours-ci... Et puis, je suis habitué au danger. Je suis un dur-à-cuire, moi.

L'ABBÉ.

Ce qui m'étonne, cher monsieur, c'est que vous

n'ayez pas décroché le vieux fusil dont vous vous êtes servi en Vendée et en Italie, pour aller combattre les Bleus.

MONSIEUR DE RONCEVILLE.

Pour qui me prenez-vous, mon cher curé? Vous savez bien qu'aujourd'hui il n'y a plus ni Blancs, ni Bleus. Il n'y a plus que des Rouges — plus ou moins rouges, plus ou moins roses — qui se gourment entre eux. C'est une lutte d'instincts sauvages en révolte; une lutte d'appétits. Que voulez-vous que ça me fasse, à moi, ces combats entre démocs-socs et bourgeois, cette guerre entre l'Une et Indivisible et la Sociale? Ça me laisse froid, absolument froid. Je suis partisan du trône et de l'autel. Je défends, par tous les moyens en mon pouvoir, le trône et l'autel. Voilà tout. Vous me connaissez, monsieur le curé. Depuis de longues années, j'habite le quartier, où je vis dignement, je crois, de mes petites rentes. On m'y estime, paraît-il; ça m'est égal. Je ne tiens qu'à une estime : la mienne. Chaque fois que les principes que je soutiens se sont trouvés en péril, ont essayé de s'affirmer, je me suis levé pour les défendre. Mon morceau de pain me suivait, et je luttais jusqu'au bout. J'ai combattu en Vendée, avec la duchesse de Berry; j'étais à la Pénissière; en Italie, contre Garibaldi, pour soutenir les Bourbons de Naples; à Castelfidardo, avec Lamoricière, pour soutenir le Pape. J'ai été blessé trois fois. Mais ça!... Cette révolte des maigres contre les gras, des ventres pleins contre les ventres vides!... Cette guerre de canailles en redingotes contre des canailles en blouses!... Quelle pitié! Qu'ils se mangent entre eux, les gredins... Voyez-vous, monsieur le curé, en guillotinant Louis XVI, ils n'ont pas seulement coupé la tête d'un roi; ils ont décapité l'Idéal. Et ils en crèveront.

MARIE.

Bonne affaire !

L'ABBÉ.

Je connais de longue date vos idées sur ce sujet, cher monsieur. Vous savez que je ne les approuve pas complètement. Mais vous êtes un si bon ami, un si véritable ami...

MONSIEUR DE RONCEVILLE.

Moi, votre ami? Non. J'ai de l'estime pour vous, beaucoup d'estime, simplement, parce que je vous sais honnête, franc, loyal, parce que j'ai pu apprécier en vous beaucoup de qualités trop rares à présent. Si vous n'étiez qu'un homme, un simple particulier, certes, vous seriez mon ami. Mais vous êtes prêtre. Et je vous trouve — comment dirai-je? — un peu trop terre-à-terre, si vous voulez, pour vous donner mon amitié. Un ecclésiastique doit avoir, je crois, une autre envergure. Vous manquez d'énergie, d'élévation, de grandeur, aujourd'hui, messieurs du clergé... D'ailleurs, je n'ai jamais eu d'ami... Ah! si, j'en ai eu un... C'était un garibaldien.

L'ABBÉ, *souriant*.

Un garibaldien?

MONSIEUR DE RONCEVILLE.

Oui. C'était un brave homme. Je l'ai connu en Sicile. Il est mort des suites d'un coup de feu... que je lui avais peut-être envoyé. J'étais blessé aussi. Nous étions couchés côte à côte, dans une ambulance... une grande tente dont la toile était crevée... je vois encore ça d'ici... D'abord, nous nous disputions comme des enragés. Mais nous avons fini par nous entendre, et de tout cœur, quelque temps avant sa mort. C'était fatal, vous comprenez. Il cherchait un idéal : moi, je l'avais.

L'ABBÉ.

Et quel est votre idéal, monsieur de Ronceville ?

MONSIEUR DE RONCEVILLE.

La justice. Le mot vous paraît gros, n'est-ce pas ? En politique, il se traduit par celui-ci, qui est plus simple : une trique.

L'ABBÉ.

Une trique ?

MONSIEUR DE RONCEVILLE.

Mon Dieu, oui. Au XIXe siècle, ça a l'air ridicule, de dire : un sceptre. On démocratise tout. Une trique !...

On entend le bruit du combat.

L'ABBÉ.

Ah ! monsieur de Ronceville, on s'est peut-être trop servi de la trique ; je crois, moi, qu'il eût mieux valu... La souffrance est mauvaise conseillère... Personne n'est infaillible, voyez-vous... Les rois aussi sont sujets à l'erreur...

MONSIEUR DE RONCEVILLE.

Peut-être. Le roi peut se tromper. Dieu même peut se tromper. Moi, royaliste, vous, prêtre, nous ne devons pas le savoir. Si j'avais vécu sous la Terreur, monsieur, j'aurais été guillotiné. Mais ma tête aurait roulé sous la hache, entendez-vous? avant qu'une parole fût tombée de mes lèvres contre le roi, contre le comte de Provence, contre le comte d'Artois. Non. Quand même j'aurais été témoin de la faiblesse du monarque, quand même j'aurais connu par le menu les intrigues de son frère aîné, quand même j'aurais assisté à la triste conduite de l'autre, à Quiberon... Il y a quelque chose d'infaillible : l'Idéal. Il ne faut pas discuter les dogmes. Vous, les prêtres, vous avez discuté Dieu. Ces gens-là... (Il se tourne vers la fenêtre.)... ces gens-là l'ont biffé !

L'ABBÉ.

Hélas !

MONSIEUR DE RONCEVILLE.

Et c'est de votre faute, allez, s'ils ne croient plus ! c'est de votre faute, ce qui arrive. J'ai bien peur que le sang de monseigneur Darboy retombe sur vos têtes ! Quand on représente Dieu sur la terre, on ne fait pas de concessions. Ou alors... Oh ! si ça pouvait vous servir, au moins, ces exemples ! Si ça pouvait vous servir, à vous, d'avoir été mis en prison par la canaille !... Mais, bah ! un de ces bandits, les mains rouges encore de sang, viendrait vous demander asile, que vous le cacheriez chez vous ! Ne dites pas non ; j'en suis sûr... Oui, c'est de votre faute, je vous dis... Il y a un prêtre, monsieur le curé, qui s'est appelé Torquemada...

L'ABBÉ, tristement.

Il y a un prêtre qui s'est appelé Saint Vincent de Paule... C'est de notre faute oui, peut-être...

On sonne. Marie va ouvrir.

SCÈNE III

L'ABBÉ, MONSIEUR DE RONCEVILLE, MONSIEUR BONHOMME.

MONSIEUR BONHOMME, *tout frétillant.*

Ah! ah! monsieur le curé, je suis enchanté de vous trouver en bonne santé. J'avais appris que vous aviez été arrêté, ces jours derniers, et je craignais... Moi, vous savez, j'avais quitté le quartier, j'avais été demander l'hospitalité à un de mes amis qui habite le centre. C'est moins exposé, vous savez, le centre; dans les faubourgs, surtout celui-ci... (*Apercevant M. de Ronceville.*) Tiens, monsieur de Ronceville... Enchanté, vraiment... Vous aussi, n'est-ce pas, vous aviez abandonné le quartier?

MONSIEUR DE RONCEVILLE.

Pourquoi donc? Pas du tout. Je suis un peu fataliste, monsieur Bonhomme.

MONSIEUR BONHOMME.

Quelle imprudence!... Et vous portez un nom à particule...

MONSIEUR DE RONCEVILLE.

C'est peut-être pour ça.

MONSIEUR BONHOMME.

Ah! charmant!... (*A l'abbé.*) Oui, figurez-vous, monsieur le curé, qu'aujourd'hui, ayant appris que l'armée de l'ordre s'était emparée du quartier, je me suis résolu à revenir dans mes pénates. Je sais que ma maison n'a été ni incendiée ni pillée. Quelle chance! Vous avouerez que c'était peut-être un peu hardi ; une heure à peine après la défaite des communards, mais, bah! j'ai toujours été un peu risque-tout. Au bas de la rue, j'ai hésité un moment ; mais j'ai reconnu le bruit des chassepots ; je ne m'y trompe pas ; j'ai l'oreille fine. A une lieue, je distinguerais le bruit d'un chassepot de celui d'un fusil à tabatière. C'étaient des feux de peloton d'exécution. Vous savez ? Rrran! (On entend un feu de peloton.) Comme ça, tenez ! Encore une canaille de communard qui ne pétrolera plus rien... Ah! ah!... Oui, alors, en passant devant le presbytère, je me suis dit : « Je vais monter voir M. le curé. J'aurai tout au moins de ses nouvelles... »

MONSIEUR DE RONCEVILLE.

Et puis, comme vous demeurez un peu plus haut dans la rue, une petite halte qui coupe l'émotion...

L'ABBÉ.

Monsieur Bonhomme, je vous remercie mille fois...

MONSIEUR BONHOMME.

Oh ! de rien, de rien. Vous savez, moi, je ne suis pas pratiquant. Je ne donne pas, comme on dit... passez-moi l'expression... dans la calotte. Hé ! hé ! J'ai lu mon Voltaire. Mais enfin, un homme est un homme. Ce n'est pas une raison, parce que vous portez une soutane, pour que je ne vous estime pas. Au contraire. J'ai beaucoup d'amitié pour vous. Vous ne m'avez pas vu souvent à l'église, hé! hé! Mais, c'est une justice à me rendre, je vous envoie régulièrement tous les ans mon obole pour vos pauvres. (*Sur un geste de l'abbé.*) Oh ! ne me remerciez pas. Je vous sais incapable d'en faire un mauvais usage. Vous n'êtes pas, vous, un prêtre comme il y en a tant, comme il y en a trop... Enfin, je sais ce que je veux dire...

MONSIEUR DE RONCEVILLE, *à part.*

Moi, je sais ce que je ferais si j'étais chez moi. Tu l'as voulu, clergé !

L'ABBÉ.

Prenez donc un siège, monsieur Bonhomme.

MONSIEUR BONHOMME, *se laissant tomber sur une chaise.*

Ce n'est pas de refus. Ouf ! Je suis éreinté. Figurez-vous qu'il y a tant de choses à voir, à droite et à gauche : les exécutions, les convois de prisonniers. On les emmène à Versailles, attachés deux par deux, entre deux haies de cavaliers. On les force à jeter leurs képis, à marcher nu-tête, sous le soleil. Vous savez, ceux qui tombent en route, ceux qui ne peuvent pas marcher, on leur brûle la cervelle. Raide comme balle.

L'ABBÉ.

Quelle horreur ! quelle sauvagerie !

MONSIEUR BONHOMME, *riant.*

On ne peut pourtant pas les considérer comme des prisonniers de guerre. Ce ne sont que des brigands...

MONSIEUR DE RONCEVILLE.

Qui n'ont pas réussi.

MONSIEUR BONHOMME.

Ah! quel drôle de spectacle offre Paris. Je comprends que ça puisse paraître horrible, surtout à un prêtre, qui a toujours, naturellement, l'âme un peu sensible. Mais, c'est égal, je ne suis pas fâché d'avoir vu ça, une fois dans ma vie. Voilà deux jours que je vais partout, derrière l'armée régulière. C'est d'un pittoresque! A chaque pas, on découvre quelque chose d'intéressant. Croiriez-vous que, hier seulement, j'ai compté dix-neuf cadavres d'enfants?

MONSIEUR DE RONCEVILLE.

Les vise-t-on toujours à la tête?

MONSIEUR BONHOMME, *étonné.*

A la tête? Je ne sais pas... Ah! non. Un peu partout... Quant aux femelles de messieurs les communards, je ne trouve pas du tout qu'elles ressemblent aux honnêtes femmes, quand elles sont mortes. Leur débraillé est scandaleux. Je sais bien que de leur vivant .. mais, c'est égal, il me semble qu'elles pourraient, comme les anciens, se draper pour mourir... Enfin, je me suis bien amusé. Moi qui n'ai pas pu prendre part à la guerre contre l'Allemagne parce que j'ai la vue un peu basse, j'ai eu tout de même l'occasion de me donner l'idée d'un champ de bataille... Ah! les gredins! Ce qu'on en a tué!.. On ne s'embête pas dans les rues, je vous assure! et sans les flaques de sang qui obligent à des détours...

MONSIEUR DE RONCEVILLE.

Un plaisir n'est jamais complet.

MONSIEUR BONHOMME.

Malheureusement. Enfin, l'essentiel, c'est qu'ils

passent l'arme à gauche. Des bandits qui perquisitionnaient chez vous, qui vous appelaient *citoyen* et vous tutoyaient ; qui vous brutalisaient pour un oui ou pour un non !... Pas deux sous de politesse ! Pas un sou d'éducation. Tenez, je lisais leurs journaux, quelquefois ; des ordures !

L'ABBÉ.

Je croyais pourtant qu'ils avaient des écrivains...

MONSIEUR DE RONCEVILLE.

Ils en avaient... malheureusement, plus que vous.

MONSIEUR BONHOMME.

Tenez, voulez-vous que je vous dise ? Tous les écrits révolutionnaires qu'on a faits et qu'on fera, ce sera toujours de l'immonde sans excuse !... Ah ! ils s'en servent joliment, de l'instruction qu'on leur a donnée !...

L'ABBÉ.

Cependant, il y avait dans la Commune des gens qui s'étaient déclarés hostiles aux mesures de rigueur, qui s'étaient opposés aux actes de barbarie. On m'en a cité un, Varlin, je crois... un ouvrier relieur... très convaincu, paraît-il, très modéré...

MONSIEUR BONHOMME.

Oh ! pour un qui vaut encore la corde pour le pendre, ou qui veut poser à l'original !... Un ramassis de brigands, malgré tout. Des bêtes féroces. Ah ! si nos pères, ces géants, pouvaient voir dans quelle boue ces scélérats traînent leurs immortels principes !..

L'ABBÉ.

Ils ont lu Voltaire, eux aussi.

MONSIEUR BONHOMME.

Ils ont lu Voltaire ! Mais si Voltaire pouvait voir des choses pareilles, il les flétrirait avec indignation ! Voltaire était, avant tout, un homme d'ordre, monsieur le curé. Il voulait l'instruction du peuple pour le soustraire à la tyrannie de certaines gens... l'infâme, comme il disait... des gens qui... qui mettent la lumière sous un boisseau... Mais faire un pareil usage de l'instruction ! Voltaire savait distinguer entre la liberté et la licence, monsieur le curé !

L'ABBÉ.

Je crois qu'il a fait bien du mal.

MONSIEUR DE RONCEVILLE.

Il ne fallait pas lui en laisser faire.

MONSIEUR BONHOMME.

Mon Dieu ! qu'il y ait besoin d'une religion pour le peuple, je ne dis pas ; mais pour nous autres, gens éclairés... (Feu de peloton.) Encore un ! Bon ! Ils tombent comme des mouches. Plus on en tuera, mieux ça vaudra. Il faut que le couteau reste rivé aux mains du bourreau !... Ah ! M. Thiers est un grand homme ! Ce sera une des plus belles figures de notre histoire. Et savez-vous, messieurs, ce qui le fera grand à jamais? C'est qu'il a été l'Homme de l'Ordre. C'est qu'il a été impartial. Ce qu'il fait aujourd'hui contre les révolutionnaires, il l'a fait autrefois contre les royalistes. Il n'a pas plus hésité devant Paris révolté qu'il n'avait hésité devant la duchesse de Berry. L'ordre avant tout. Ah ! c'est un grand homme !

MONSIEUR DE RONCEVILLE.

Je commence à croire que Deutz avait une âme.

MONSIEUR BONHOMME.

Vous dites, monsieur ?

MONSIEUR DE RONCEVILLE.

Rien. Ou plutôt, je voudrais vous demander si vous trouvez réellement cela si gai.... si amusant.... ces monstrueuses hécatombes ?

MONSIEUR BONHOMME, embarrassé.

Ma foi, amusant... gai... non. Ce n'est pas le mot. Intéressant, tout au plus... au point de vue.... de l'histoire... Et puis, là, entre nous, mettez-vous un peu à ma place... moi commerçant... Nous avions déjà eu le siège, n'est-ce pas ? Des pertes sèches. Enfin, on signe la paix. Nous nous disons : « Ce n'est pas malheureux. Les affaires vont reprendre.» Je t'en fiche ! Pas seulement deux mois après, voilà cette ignoble Commune. Alors, quoi ? Plus moyen de gagner un sou ?... Moi, je suis un homme d'ordre, un bourgeois. Qu'est-ce que je demande ? A faire des affaires ; voilà tout. Je ne tiens pas plus à un gouvernement qu'à un autre. Et si j'étais sûr que votre comte de Chambord, monsieur de Ronceville, fît marcher le commerce, je demanderais demain qu'on le nomme roi.

MONSIEUR DE RONCEVILLE, sévèrement.

Un roi de France, monsieur... (Il s'arrête.) Excusez-moi ; je ne me figure pas monseigneur le comte de Chambord nommé roi et portant un parapluie.

MONSIEUR BONHOMME.

Et puis, que voulez-vous ? Tout le monde est un peu détraqué, maintenant... On a je ne sais quoi... On est atteint de... de... mon journal disait le mot, l'autre jour... de... Ah ! c'est ça : de folie obsidionale !

L'ABBÉ.

N'importe, monsieur Bonhomme ; vous devriez moins oublier que les gens dont vous parlez, dont la mort vous semble si agréable, sont des Français, et qu'ils sont vaincus — par conséquent dignes de pitié, ou tout au moins de respect.

MONSIEUR BONHOMME, piqué.

Ah! vraiment, monsieur le curé; ah! vraiment!... Mais savez-vous que tous les ecclésiastiques ne raisonnent point comme vous?... Ah! mais, non... Heureusement!... Tenez ; voulez-vous que je vous raconte ce que j'ai vu, pas plus tard que ce matin?... Figurez-vous que je passais rue Lafayette. Il y avait des soldats, des officiers, plein la rue; des promeneurs, aussi, des gens comme moi, par exemple, des dames, qui étaient venues prendre l'air en regardant défiler les colonnes de prisonniers. De temps en temps, dans les rues adjacentes, on fusillait un communard ou une pétroleuse, pour donner de l'animation. Un bien joli temps, d'ailleurs. Je m'étais arrêté un moment devant un café. Il y avait plusieurs consommateurs à la terrasse. Entre autres un homme de haute taille, aux yeux clairs. Il avait l'air triste, mais triste comme tout. Il ne me disait rien de bon. Avoir l'air si triste, par le temps qui court, ce n'est pas naturel. Ça me semblait louche. On a de ces pressentiments... Vous allez voir si je me trompais. Tout à coup, passe un prêtre — un curé comme vous, monsieur l'abbé — oh! un gros curé, ventre majestueux, face rubiconde ; je le vois d'ici. Ah! ah! il n'était pas gras de lécher les murs, celui-là. Parvenu en face de notre homme, il s'arrête, il le regarde fixement. Puis, je le vois se diriger vers un groupe d'officiers auxquels il parle à voix basse. Les officiers prennent quelques soldats et s'avancent sur l'homme. Je croyais qu'il allait se sauver. Pas du tout. Ces gredins-là ont un toupet !... Les soldats l'entourent, lui mettent la main au collet, et un officier lui demande : « Est-il vrai que vous vous nommez Varlin ? — Oui, répond-il : je suis Varlin, membre de la Commune. » Hein ! Elle est forte ! C'était Varlin !

L'ABBÉ.

Varlin ? Celui dont je parlais tout à l'heure ? Un modéré, n'est-ce pas ? Opposé aux actes de violence, hostile aux mesures de rigueur...

MONSIEUR BONHOMME.

Oui, un modéré. Celui qui a failli se faire fusiller par les communards en essayant de sauver les otages, rue Haxo. C'était un modéré, je ne dis pas ; mais une rude canaille tout de même. D'ailleurs, attendez la fin.

L'ABBÉ.

Et c'est un prêtre qui l'a dénoncé ! Un prêtre !... Mais vous devez vous tromper, monsieur Bonhomme...

MONSIEUR BONHOMME.

Puisque ça s'est passé sous mes yeux, monsieur le curé ! Mais laissez-moi finir... Alors, les soldats ont pris mon Varlin et on l'a emmené... savez-vous où ? A Montmartre, rue des Rosiers, pour le fusiller à la place même où ont été assassinés les généraux Lecomte et Clément Thomas. Je l'ai suivi, tout le long du chemin. Vous pensez si la foule grossissait, en route. Des gens passaient entre les soldats pour le frapper, le misérable. On lui jetait des pierres, les messieurs lui donnaient des coups de canne et des coups de poing, les dames des coups d'ombrelle. Je l'ai frappé, moi aussi, avec cette canne. Un grand coup, comme ça ; pan ! Le sang a coulé. Ça m'a fait un plaisir !... J'aurais voulu avoir une massue !... Bref, messieurs, quand il est arrivé sur les Buttes-Montmartre, ses vêtements étaient en haillons, ses membres étaient en lambeaux et ruisselaient de sang ; ce n'était plus une tête qu'il avait sur les épaules ; c'était une loque sanglante. Et c'est un amas de chairs pantelantes qu'on a fusillé.

L'ABBÉ.

Quelle horreur !... Et c'est un prêtre qui l'a dénoncé ! Un prêtre !... Non, je ne peux pas le croire ! Non !...

MONSIEUR BONHOMME.

Sapristi, monsieur le curé, je ne suis pourtant pas aveugle ! Je vous dis que je l'ai vu ; de mes yeux vu ! je vous montrerai le curé — votre confrère — quand vous voudrez... Oui, c'est comme ça qu'il a fini, Varlin. Je ne suis pas plus méchant qu'il faut, mais si tous les Communards y passaient de la même façon, j'applaudirais... Sur le cadavre, on a trouvé les 300 francs qu'on avait eu grand'peine à lui faire accepter, paraît-il, dans le dernier payment fait aux membre de la Commune. Il avait eu la pudeur de ne pas y toucher. De l'argent mal acquis... C'est étonnant qu'on rencontre encore un peu de conscience chez de pareils scélérats ; n'est-ce pas, monsieur de Ronceville ?

MONSIEUR DE RONCEVILLE.

Oui ; ça doit bien vous étonner.

L'ABBÉ, *comme en rêve.*

Oh! cette douloureuse agonie! Cette montée de Calvaire! Oh! si cet homme croyait, s'il avait la foi, ç'a dû être pour lui une souffrance sans nom, cet effroyable écroulement de tous ses rêves à mesure que coulait son sang. Mais c'est un martyr, que cet homme! (*se ressaisissant.*) Non! non! ce n'est pas un prêtre qui l'a dénoncé! Cela ne se peut pas! Un ministre du Dieu de bonté, de celui qui a dit : « Paix sur la terre, bonne volonté parmi les hommes. » Non! Non!

MONSIEUR BONHOMME, *joyeux et criant.*

Il l'a dénoncé! Il l'a dénoncé, monsieur le curé! Je l'ai vu!...

L'ABBÉ, *atterré.*

Alors... alors... si... si cela est... il a dû demander au moins qu'on le juge, qu'on le fasse passer devant un tribunal... s'opposer à l'exécution sommaire... Car, enfin, il n'est pas possible qu'on tue des hommes ainsi... sans forme de procès... comme des bêtes fauves...

MONSIEUR BONHOMME, *ricanant.*

Ah! ah! ah!... Ce n'est pas possible!... Ah! ah! ah!... On les colle le long d'un mur. Joue! Feu! Ce n'est pas plus long que ça. Ils n'ont pas le temps de dire : « Ouf! »... Si vous voyiez ça, monsieur le curé...

L'ABBÉ.

C'est affreux! Ah! je crois que j'en deviens fou, de tout cela. Je voudrais pouvoir me cacher dans un trou, je ne sais où, pour ne plus rien voir, ne plus rien entendre, jusqu'à ce que ce soit fini. (Se tordant les mains.) Ah! j'étouffe! C'est comme un remords qui m'étrangle. Oui, ç'a été une faute... un crime... oui, un crime, de dénoncer cet homme. Et ce crime, il me semble que c'est nous tous qui l'avons commis. Nous, nous, les prêtres, nous qui devrions être les grands pitoyables... Ah! ce sang versé stigmatise nos fronts. Si je pouvais effacer cette tache!... Qui rachètera... qui payera la rançon?...

MONSIEUR BONHOMME.

Ah! vous voilà dans un état, monsieur le curé! Si j'avais pu prévoir, je n'aurais rien dit, pour sûr... bien que ce soit de l'histoire, ce que j'ai dit, de la vraie histoire. Ce sera dans les journaux, vous verrez... Au fond, vous savez, je partage votre opinion sur le fait : c'est une tache sur la soutane — une tache de plus. — Mais que diable voulez-vous? Comment pourriez-vous expier le crime... le... le... l'acte de votre confrère? Il faudrait qu'un de ces scélérats vînt vous demander asile, chercher refuge chez vous, et vous conviendrez... (On sonne et un grand bruit à la porte.) Ah! bien, ah! bien, qu'est-ce que c'est que ça?

MONSIEUR DE RONCEVILLE.

Le scélérat dont vous parliez, sans aucun doute.

MONSIEUR BONHOMME, se levant.

Vous croyez? Vous... (Reniflant.) Oui, c'en est un, j'en suis sûr. Je les sens, ces gredins-là. Quelque chose m'avertit de leur présence. Quelque chose comme la chair de poule. Je ne me sens pas bien. (On entend le clairon.) Je vais profiter de ce que l'armée régulière monte la rue pour rentrer chez moi. Au revoir, monsieur de Ronceville. (*M. de Ronceville s'incline légèrement.*) Au revoir, monsieur le curé. Votre servante m'accompagnera, si vous voulez bien, jusqu'à l'escalier de service.

L'ABBÉ.

Certainement. (*A Marie qui vient d'entrer*). Marie, reconduisez M. Bonhomme et, en revenant, vous irez ouvrir la porte et vous introduirez.

MARIE.

Même si .. ?

L'ABBÉ, *après un regard au crucifix.*

Oui.

M. Bonhomme et Marie sortent.

SCÈNE IV

L'ABBÉ, MONSIEUR DE RONCEVILLE.

MONSIEUR DE RONCEVILLE.

Alors, vous êtes décidé à donner l'hospitalité à l'aimable rebelle qui vient vous la demander ?

L'ABBÉ, *ému.*

Il faudrait d'abord savoir...

On sonne et on frappe à nouveau.

MONSIEUR DE RONCEVILLE.

Voilà la réponse. Par le temps qui court, un homme qui a si furieuse hâte de voir un prêtre est sûrement en grand danger. Vous parliez de rédemption, tout à l'heure; d'une rançon que vous seriez heureux de payer. Le hasard vous sert à souhait. Préparez-vous à recevoir votre hôte. Voulez-vous que je vous fasse son portrait? C'est un chef, un membre de la Commune, sans doute, car le menu fretin sait mourir, s'il ne sait pas vivre, et ignore l'art de sauver sa peau. Oui, un chef, un des instigateurs des crimes dont nous avons été témoins, un des sectaires qui ont demandé la mort de l'archevêque, un malfaiteur impitoyable — et lettré, cela va sans dire. — Votre hôte, disais-je? Il sera votre ami, avant deux jours, et vous aurez la larme à l'œil lorsqu'il vous quittera après que vous lui aurez fourni les moyens de passer la frontière. Il vous aura prouvé, clair comme le jour, que les luttes d'appétit sont les plus grandes et que la guerre civile, au bout du compte, est la seule guerre compréhensible. Mais M. de Chateaubriand n'a-t-il pas déjà dit quelque chose comme ça? O clergé national! clergé libéral! (se tournant vers l'abbé qui, pendant ce temps, est resté les mains jointes, devant le crucifix.) Clergé tout de même, après tout... Ah! j'entends Marie ouvrir la porte.

L'abbé se retourne.

L'ABBÉ.

Je crois maintenant que j'aurai la force...

MONSIEUR DE RONCEVILLE.

Hélas! Tout, excepté ça... Mais voici notre bandit.

Marie entre, avec une femme, jeune, échevelée et les vêtements en désordre.

SCÈNE V

L'ABBÉ, MONSIEUR DE RONCEVILLE, MARIE, LA PÉTROLEUSE.

MONSIEUR DE RONCEVILLE.

Tiens! Une femme...

MARIE.

Une pétroleuse!

MONSIEUR DE RONCEVILLE, étonné.

Une pétroleuse!... Une vraie!... Ah! ça, mais... Il y en a donc, des pétroleuses?

MARIE, désignant le panorama de Paris incendié.

Mais qui croyiez-vous qui mettait le feu?

MONSIEUR DE RONCEVILLE.

Mon Dieu! j'imaginais... des gens du bâtiment, voyez-vous.

L'ABBÉ, s'approchant de la femme.

Est-il vrai, malheureuse?

LA PÉTROLEUSE.

Dame! Pour sûr, que c'est vrai.

L'ABBÉ.

Et vous osez vous présenter chez moi, chez un prêtre!

LA PÉTROLEUSE.

Oh! vous savez, monsieur le curé, quand on veut sauver sa peau, on se présenterait bien chez le pape.

MARIE.

Osez-vous dire, impie...!

L'ABBÉ.

Taisez-vous, je vous prie, Marie. (A la femme.) Donc, vous avez le triste courage d'avouer! Savez-vous que l'incendie est le plus odieux, le plus barbare de tous les crimes?

LA PÉTROLEUSE.

Non, j' sais pas.

L'ABBÉ.

Vous ne savez pas! Ainsi, vous agissez sans raison! Comme une bête sauvage!... Pourquoi avez-vous allumé l'incendie?

LA PÉTROLEUSE.

J' sais pas!

L'ABBÉ.

Vous êtes folle, alors? Vous êtes enragée?

LA PÉTROLEUSE.

Pour sûr, que j' suis enragée!

MONSIEUR DE RONCEVILLE.

Enragée! Pourquoi?

LA PÉTROLEUSE

Ah! ça, j' sais pas.

L'ABBÉ.

On vous avait endoctrinée? Monté la tête? Vous

aviez écouté les discours des énergumènes qui prêchaient le vol, le massacre et la destruction?

LA PÉTROLEUSE.

Non. Je n'ai jamais entendu parler aucun de ces gens-là. Ah! si; j'en ai entendu un tout de même, rue Haxo. Il disait qu'il ne fallait ni voler ni détruire, et il se débattait comme un damné pour qu'on ne fusille pas les otages. C'était Varlin qu'il s'appelait. (L'abbé tressaille.) Non, j'ai jamais donné dans la politique. C'est bon pour les vieux, la politique. Mais nous autres, les jeunes, c'est autre chose qu'on a dans la peau. On en a assez, voilà tout.

L'ABBÉ.

Assez de quoi?

LA PÉTROLEUSE.

J' sais pas. Assez de tout.

L'ABBÉ.

Oui, la haine aveugle; toutes les mauvaises passions déchaînées; les jalousies couvées depuis l'enfance, les rancunes qu'on rêve d'assouvir, l'envie du bien-être possédé par d'autres...

LA PÉTROLEUSE.

Pt'être bien. J' sais pas.

L'ABBÉ.

Malheureuse! Vous ne savez pas!

LA PÉTROLEUSE.

Non, que j' vous dis! J' sais pas! j' sais pas! j' sais pas!

L'ABBÉ.

Et vous espérez que je vais vous soustraire au juste châtiment qui vous attend...

LA PÉTROLEUSE.

J' sais pas. Vous ferez comme vous voudrez, bien sûr. (Avec un geste d'ennui.) Ah! bien vrai, en v'là des questions! Pourquoi ci? et pourquoi ça?... Comme si on savait... C'est pire qu'un tribunal! Les autres, au moins, en bas, on les colle au mur sans leur demander rien...

L'ABBÉ.

Ce sont des rebelles qui ont mérité leur sort. Mais vous, qui êtes une femme, et dont l'inconscience même me fait pitié, si je me résous à vous donner asile, me promettez-vous?...

LA PÉTROLEUSE.

Ah! oui, je vous vois venir! Je n' promets rien du tout, vous savez. Si je veux sauver ma peau, c'est pour en faire ce qu'il me plaira, après. Pour sûr que oui. Et puis, d'abord, est-ce qu'on peut savoir ce qu'on fera? Vrai, y a des choses qui vous retournent. Pourquoi qu'y en a qui sont si heureux et d'autres si malheureux, hein? Savez-vous pourquoi, monsieur le curé? Moi, j' sais pas.

MONSIEUR DE RONCEVILLE, prenant sa canne et son chapeau.

Par le fait... moi non plus.

L'ABBÉ, s'approchant de M. de Ronceville.

Cher monsieur, je vous en prie, conseillez-moi. Que dois-je faire?

MONSIEUR DE RONCEVILLE.

C'est bien simple... (se reprenant.) Non, pas tant que ça; car, si je ne m'étais pas trompé, si c'était un chef, un théoricien, qui était venu vous demander asile, vous l'auriez sauvé, j'en suis sûr.

L'ABBÉ.

J'aurais essayé de racheter l'erreur commise par... par l'autre... par le prêtre qui a dénoncé Varlin. J'espère que Dieu m'aurait donné la force de payer la rançon. Mais cette femme!... Et puis, si l'on m'interroge, il faut mentir...

MONSIEUR DE RONCEVILLE.

Tranchons le mot : il faut prendre une résolution. Il faut agir. C'est cela qui vous effraye, n'est-ce pas?... Ecoutez, monsieur le curé : De nous quatre, de vous, de moi, de cette malheureuse et de M. Bonhomme — de ces quatre individualités qu'on pourrait prendre pour des symboles, il n'y a qu'un être effectif, qui existe et qui sache pourquoi. C'est l'honorable monsieur Bonhomme. Il existe par l'argent et pour l'argent. Nous, nous n'avons point de raison d'être. Quatre-vingt-neuf a produit ça. Le roi est mort, vive M Bonhomme! Tirez-lui votre chapeau, l'abbé; il en a pour jusqu'à la fin du siècle. Et au revoir.

L'ABBÉ.

Vous me quittez? Vous...

MONSIEUR DE RONCEVILLE.

Oui. (On entend du bruit dans l'escalier.) Ah! il me semble entendre des crosses de fusil sonner dans l'escalier. L'armée de Versailles, sans doute, qui vient s'assurer qu'aucun insurgé n'est caché dans la maison. Alors, si vous le permettez, je resterai...

L'ABBÉ.

Un peu par curiosité?

MONSIEUR DE RONCEVILLE.

Je l'avoue. Cette fille m'intéresse — rétrospectivement. — La race n'a pas dégénéré. Il me semble voir une de ces tricoteuses qui nous envoyaient si joliment à la guillotine.

L'ABBÉ, distrait et énervé.

Vous saviez leur répondre.

MONSIEUR DE RONCEVILLE.

Nous leur répondions: « On y va, canailles. » (Désignant la pétroleuse.) Ces gens-là disent-ils la même chose, quand on les pousse au mur?

On sonne et du bruit à la porte.

L'ABBÉ.

Que faire? que faire? Oh! quelle nuit! Quelles ténèbres!... Une faute a été commise que je voudrais racheter, et la force me manque. (Se tournant vers le crucifix.) Mon Dieu, éclairez-moi!

MONSIEUR DE RONCEVILLE, après avoir à demi réprimé un geste nerveux, s'avançant vers l'abbé.

Moi, vous savez, monsieur le curé, je n'ai jamais cru aux pétroleuses, jusqu'à présent. Et, à bien prendre, je ne suis pas sûr de celle-ci. Pas sûr du tout. Ce serait un spécimen unique, en tous cas, et bon à conserver. Mais quelque chose me dit qu'elle se vante...

LA PÉTROLEUSE.

C'te blague!

MONSIEUR DE RONCEVILLE.

Vous voyez. Pure fanfaronnade. Je...

L'ABBÉ, à Marie.

Marie, emmenez cette femme et cachez-la.

MARIE.

Mais, monsieur le curé... vraiment...

L'ABBÉ.

Vous avez entendu?

LA PÉTROLEUSE, à Marie qui ne bouge pas.

Est-ce que vous êtes sourde? Suivez-moi pour me montrer le chemin.

Elle se dirige vers la porte de dégagement, qu'elle ouvre, et disparaît suivie par Marie. On sonne de nouveau. L'abbé va ouvrir.

SCÈNE VI

L'ABBÉ, MONSIEUR DE RONCEVILLE, UN OFFICIER.

L'OFFICIER, entrant avec l'abbé.

Oui, monsieur le curé, on nous assure qu'une femme que nous poursuivons, une pétroleuse, s'est réfugiée ici. Je vous prie de vouloir bien nous la livrer.

L'ABBÉ.

Monsieur, vous êtes mal informé. Il n'y a personne ici.

L'OFFICIER.

Pourtant, on l'a vue entrer...

L'ABBÉ.

Il n'y a personne.

L'OFFICIER.

Monsieur le curé, je ne puis mettre en doute votre parole ; mais ma consigne, cependant, m'oblige à passer outre... Voulez-vous me faire le serment qu'aucun insurgé n'est caché chez vous?

L'ABBÉ, levant la main devant le crucifix.

Je jure qu'il n'y a personne ici.

L'OFFICIER.

Je vous remercie de m'avoir donné cette assurance, monsieur le curé; et je vous prie de m'excuser du dérangement que je vous ai causé.

Saluts. Il se retire.

L'ABBÉ, péniblement, à M. de Ronceville.

J'espère au prix d'un parjure dont vous avez été témoin, avoir racheté l'acte mauvais commis par un autre. Vous m'avez entendu mentir, monsieur de Ronceville; et vous qui trouviez les prêtres d'aujourd'hui trop terre à terre pour leur accorder autre chose que de l'estime, vous qui leur reprochiez de manquer d'énergie, d'élévation, de grandeur, vous avez eu la satisfaction de voir que vous ne vous trompiez pas. Votre présence était nécessaire, sans doute, pour que l'expiation fût complète. Je comprends qu'il vous sera désormais impossible...

MONSIEUR DE RONCEVILLE, *courant lui prendre les deux mains.*

Impossible de ne pas vous demander l'honneur de votre amitié? Mais certainement, mon cher ami, certainement!

Rideau.

Imprimerie générale de Châtillon-sur-Seine. — A. Pichat.

www.ingramcontent.com/pod-product-compliance
Ingram Content Group UK Ltd.
Pitfield, Milton Keynes, MK11 3LW, UK
UKHW021210230726
13926UKWH00001B/436

9 782016 188101